*Para todos aqueles que se entregam às ondas.
E para minha filha Malu. Que todo caminho a leve ao mar.*

Copyright © 2023 João Salgado e Ana Paula Azevedo

Todos os direitos reservados. Nenhuma parte deste livro pode ser reproduzida ou transmitida de qualquer forma ou por qualquer meio sem a permissão por escrito da editora. Para mais informações, por favor, envie um e-mail para contato@tudoeditora.com.

Coordenação: Carol Soares
Projeto gráfico: Ana Cristina Gluck
Edição de texto: Júlia Degaspari
Revisão de texto: Malvina Tomás

1ª edição internacional

Dados Internacionais de Catalogação na Publicação (CIP)
(Câmara Brasileira do Livro, SP, Brasil)

....

Salgado, João
  A menina salgada / João Salgado ; [ilustração]
Ana Paula Azevedo. -- 1. ed. — Rio de Janeiro : Tudo!
Editora, 2023.

  ISBN 978-65-6007-018-9

  1. Literatura infantojuvenil I. Azevedo, Ana Paula.
II. Título.

23-169003   CDD-028.5

....

Índices para catálogo sistemático:

1. Literatura infantil 028.5
2. Literatura infantojuvenil 028.5

Cibele Maria Dias - Bibliotecária - CRB-8/9427

Tudo! Editora
Avenida Rio Branco, 26, sobreloja
Centro, Rio de Janeiro, RJ
20090-001

www.tudoeditora.com

A sua opinião é muito importante para nós e para outros leitores. Por favor, escreva uma avaliação para este livro na Amazon e nos ajude a divulgá-lopara outras pessoas. Agradecemos o seu apoio.

João Salgado & Ana Paula Azevedo

A menina salgada

T! Tudo!

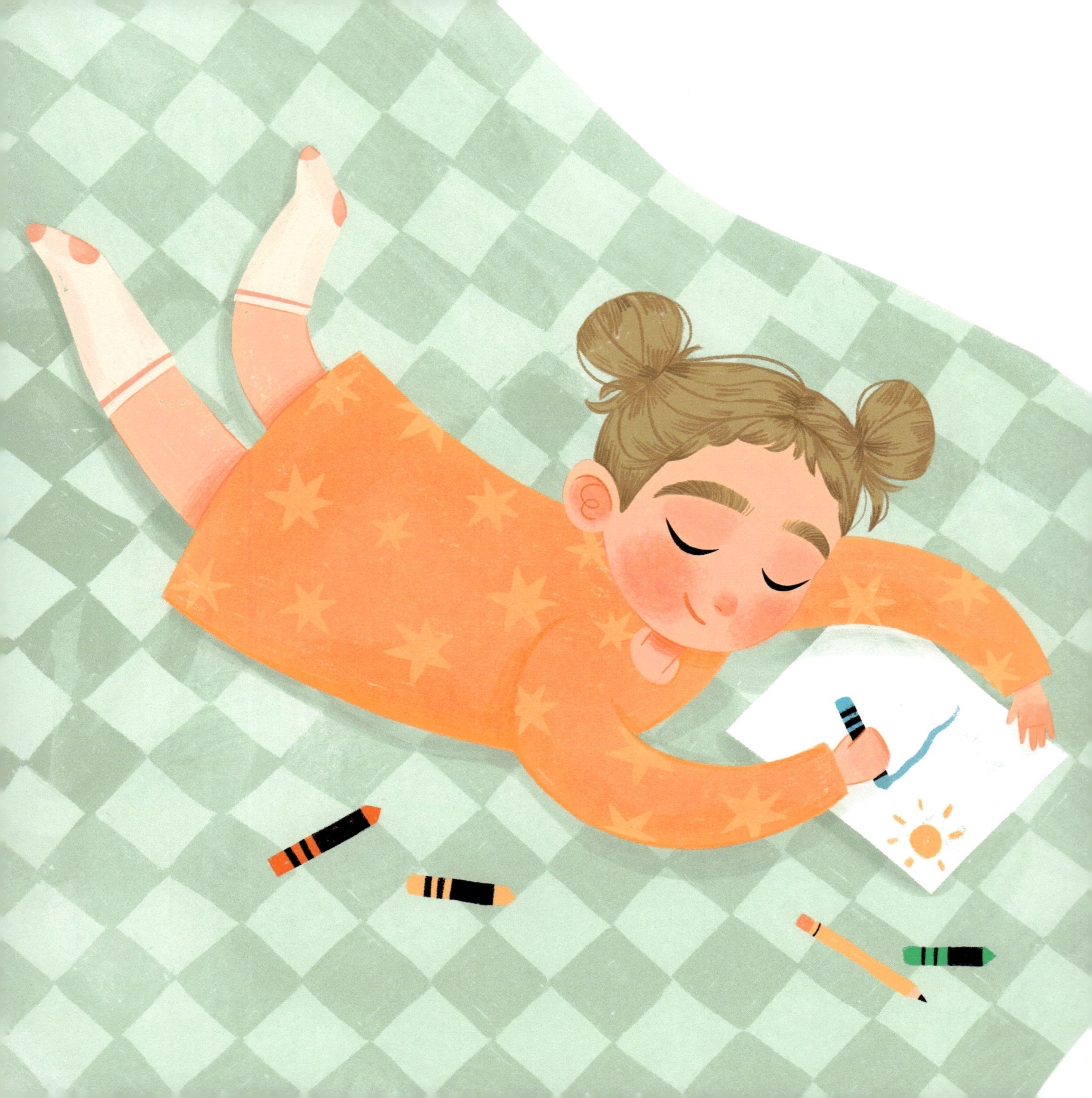

Malu é uma menina que
não cresceu na beira do mar.

Até que um dia foi com os pais
para a praia passear.
Quando viu aquele horizonte,
ela soube onde queria morar.
Que incrível é a junção do céu e do mar!

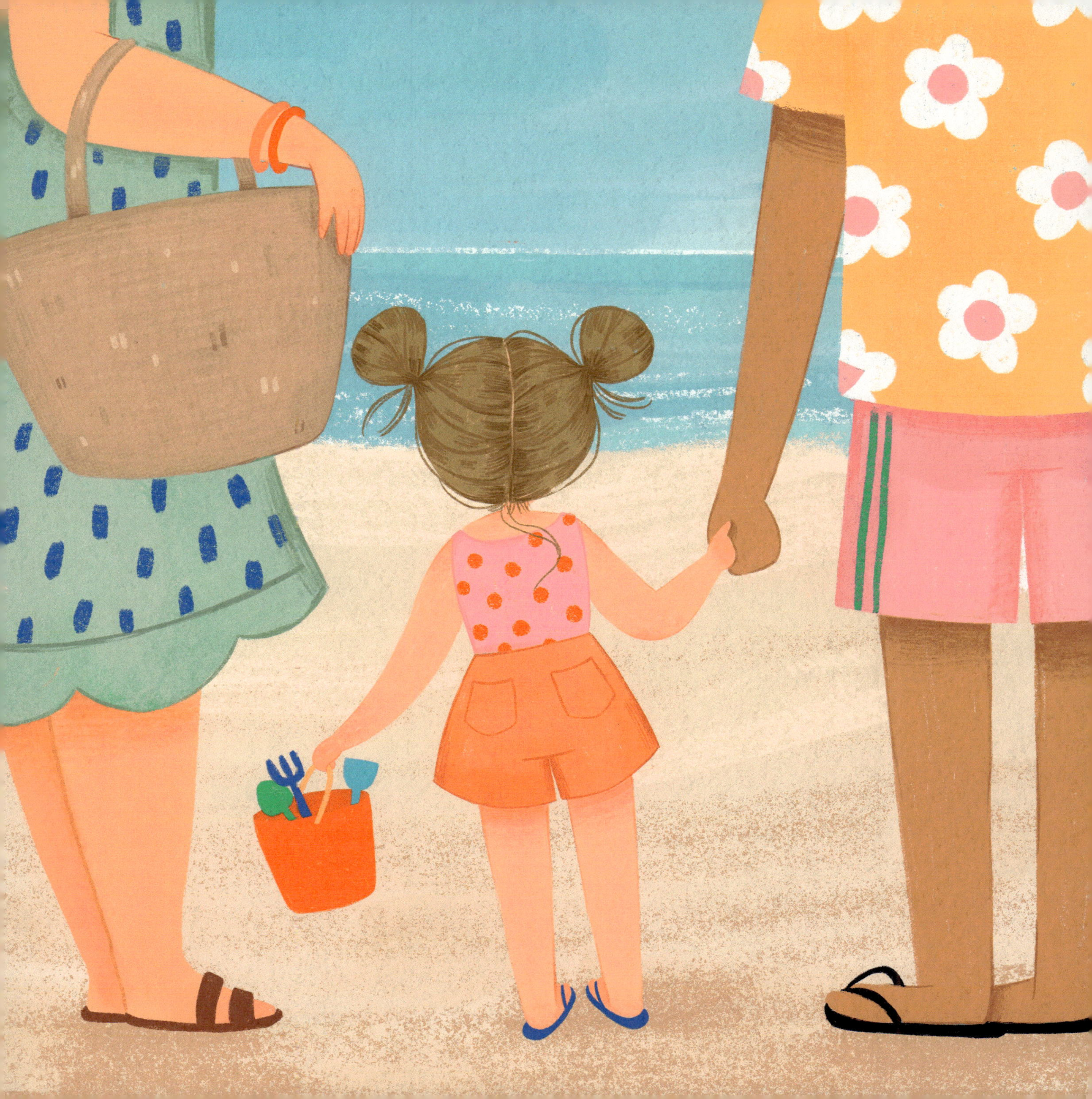

Apaixonada pela sensação crocante
da areia e pela brisa marítima,
Malu só queria saber de brincar.
Até que viu uma dança sobre as ondas,
lá no fundo do mar.

Assim ela conheceu o surfe,
e a cada surfista que via,
imaginava-se no lugar.

Não demorou muito
para aprender a nadar.
Ela ainda percebeu que o surfe
é um esporte saudável e, em pouco tempo,
também começou a surfar.

Em pé sobre a prancha,
Malu concluiu que não há vista mais linda
do que a de dentro de uma onda tubular.

No fim da tarde,
avistou um pôr do sol que
na memória sempre vai guardar.
O sal do mar em contato com a pele
fez a alegria dela aumentar.
E, quando remou de volta para a praia,
pareceu flutuar!

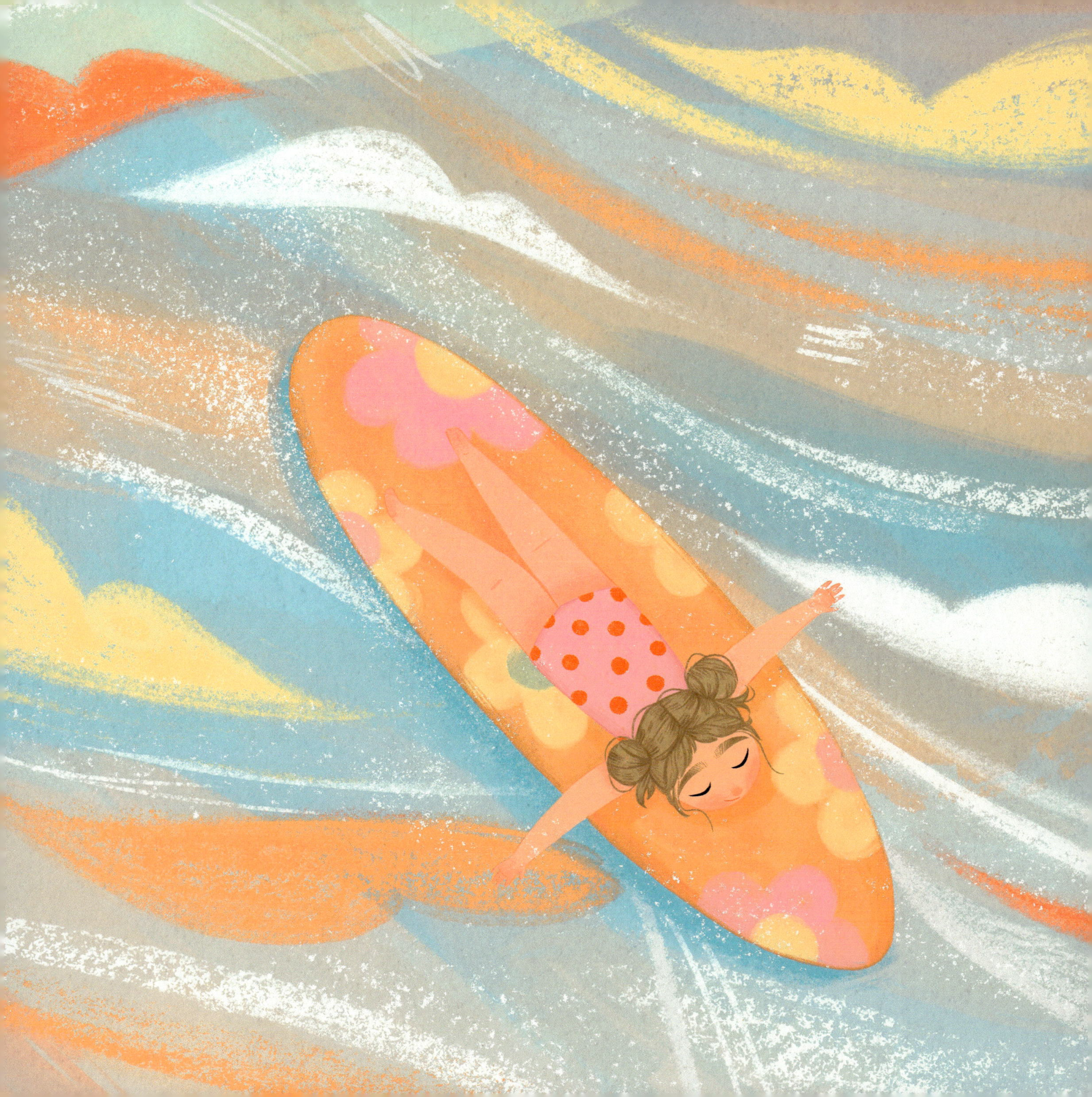

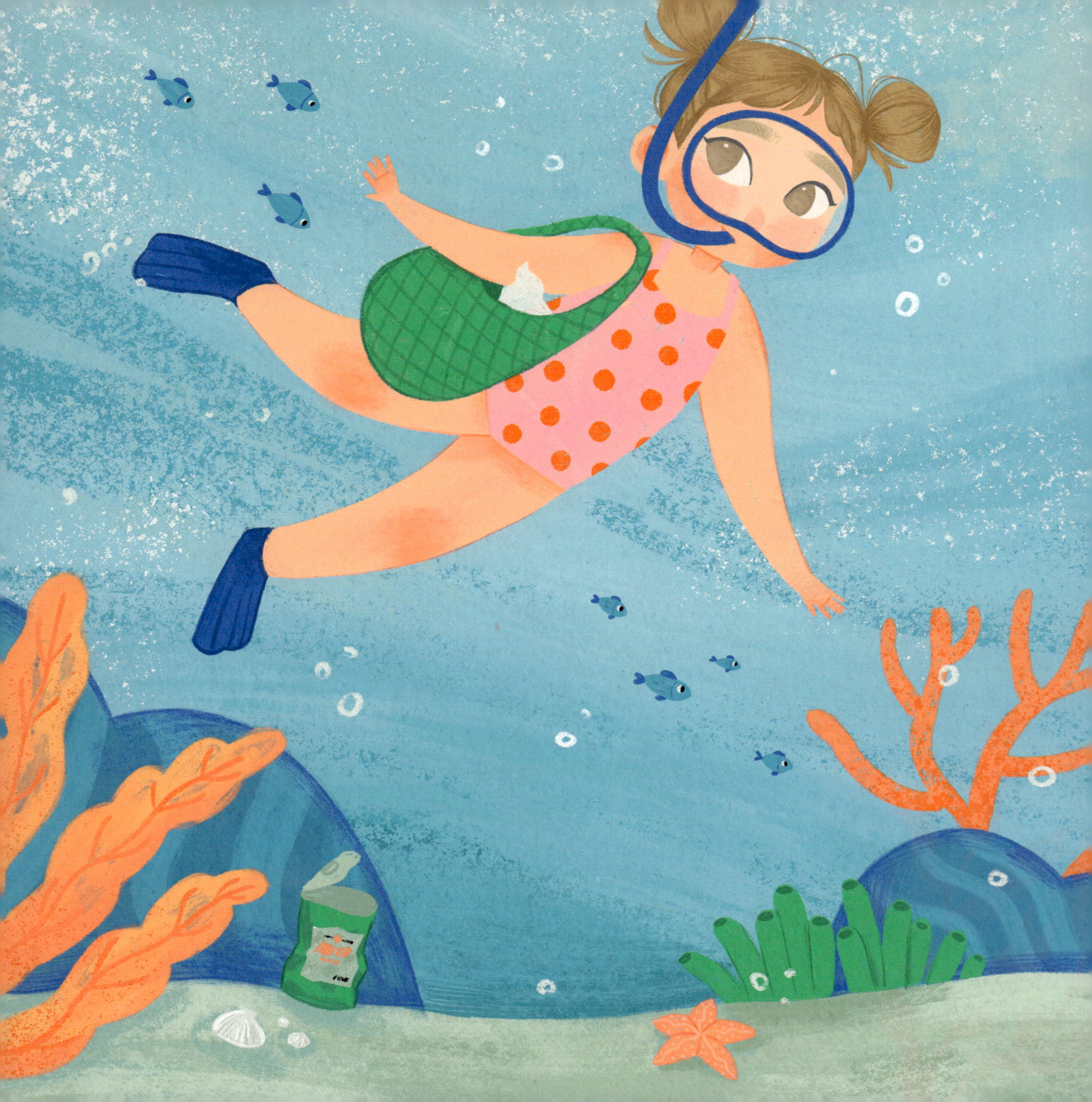

A menina surfista ainda tem encontros fascinantes,
pois dos peixes e das tartarugas, o oceano também é lar.

Para ajudar, Malu recolhe todo o lixo que vê.
Cuida da natureza para deixar a praia limpa
e sem sujeiras no mar.

Ao sair da água, vê as pegadas na areia,
as algas e as conchas. Tudo parece arte.

É de admirar!

E, no caminho de volta para casa,
os muros podem virar ondas,
basta ela imaginar.

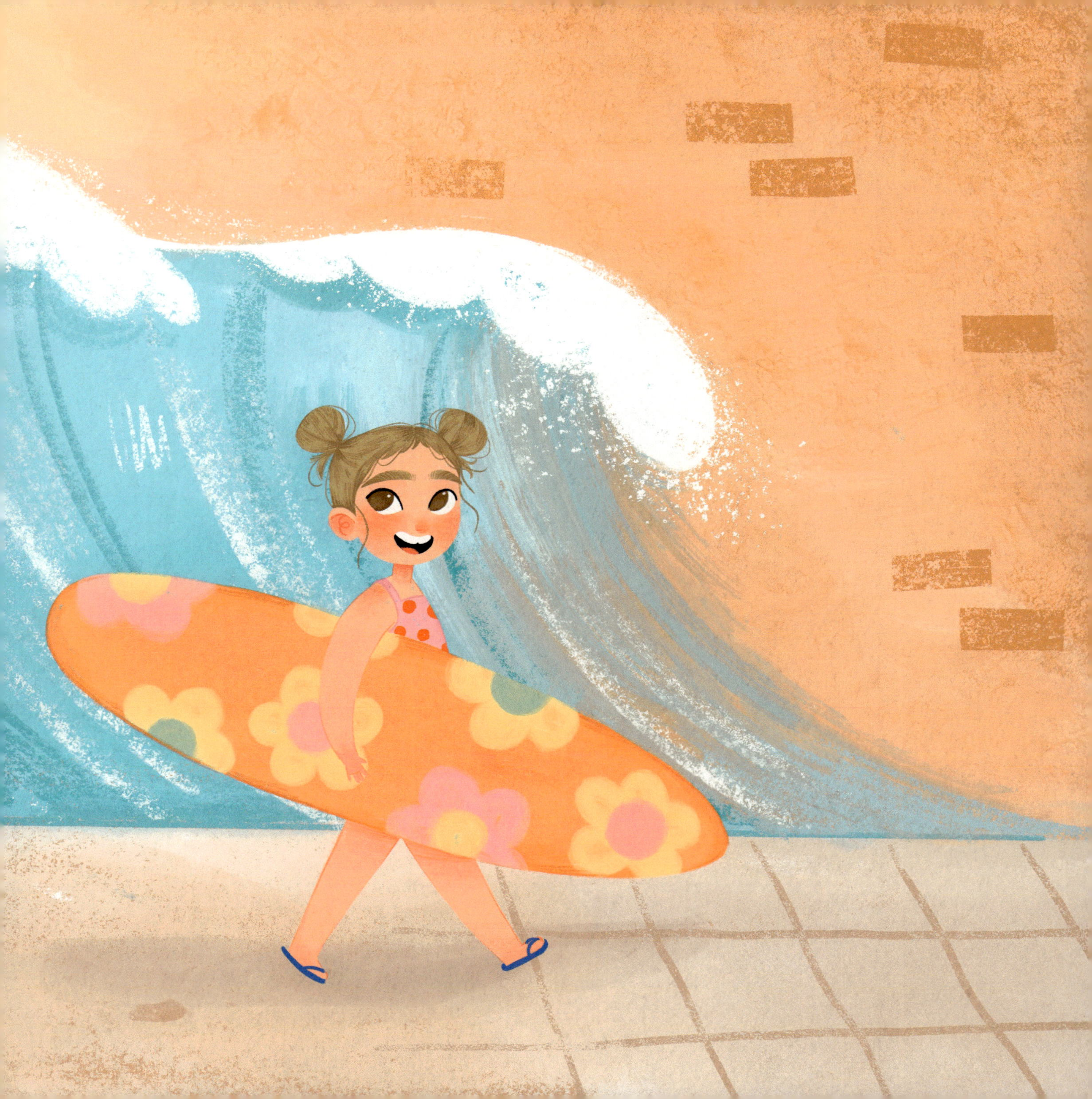

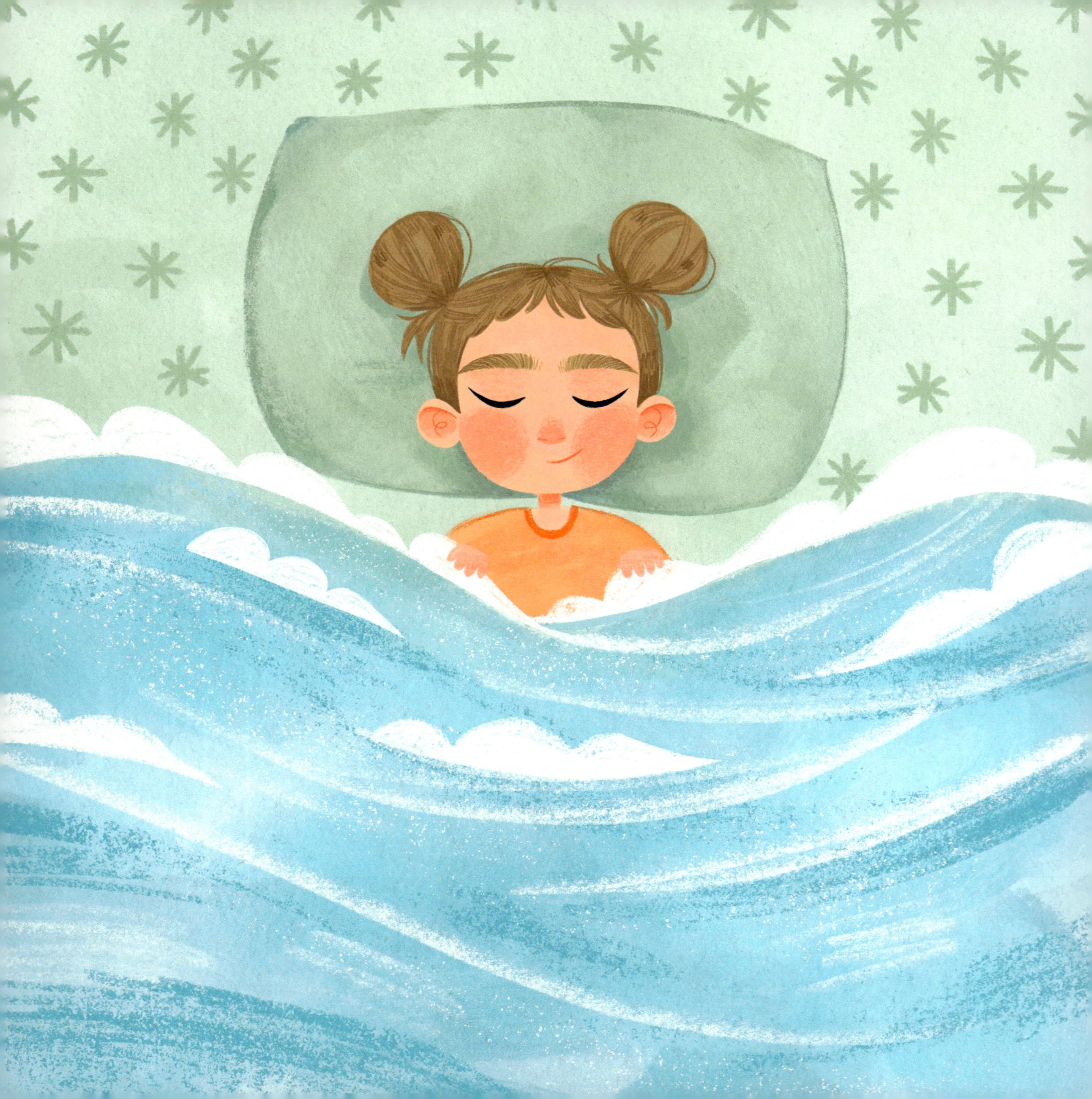

Quando chega a noite,
Malu fecha os olhos,
adormece agradecendo,
e nos seus sonhos
ainda aparecem as ondas do mar.

João Salgado
Autor

Nasci Salgado, e isso não tem a ver com o mar, é o meu sobrenome. No entanto, quase tudo a meu respeito está ligado ao oceano. Sou catarinense, morador de Florianópolis, e não conseguiria viver longe da praia. Minhas melhores memórias são à beira do mar. É de onde vêm meus melhores sentimentos e pensamentos.

Sou formado em Direito e atualmente trabalho como servidor público. Gosto muito de escrever há algum tempo, mas a paternidade despertou em mim o amor por livros infantis. Mergulhei de cabeça nesse universo e agora publico meu primeiro livro.

Surfo desde pequeno por influência do meu pai. Adoro viajar para surfar, mas tenho uma praia do coração: Itapirubá. É lá que minha mente e meu espírito ficam imersos na água e minha pele, repleta de sal.

Mergulhe no meu mundo: joaofsalgado

Ana Paula Azevedo
Ilustradora

Desde a infância, a paixão pelo desenho guiou minha exploração criativa por diversas técnicas artísticas. A aquarela, especialmente, capturou meu coração. Curiosidade me levou a experimentar a pintura digital.

Baiana, de Salvador, sou formada em Design pela Universidade Federal da Bahia (UFBA). Minha jornada acadêmica incluiu um intercâmbio de nove meses em Rochester, NY, na Rochester Institute of Technology (RIT), onde aprimorei meus conhecimentos em ilustração.

Hoje, minha vocação floresce na ilustração de livros infantis, um caminho que já rendeu vários títulos publicados no Brasil e no exterior. Minhas ilustrações são uma paleta de cores que busca infundir beleza e delicadeza no mundo, uma expressão sincera do meu amor pela arte.

Conheça minhas criações: 📷 **anaa.ilustra**

Se você gostou do nosso livro "A menina salgada", por favor, escreva uma avaliação na Amazon. Sua opinião é muito importante para nós e para outros leitores. Obrigado.

T! Tudo!

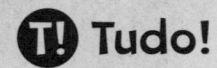

Quem somos

Somos uma editora focada em literatura infantil multilíngue. Nossa missão é incentivar a leitura e o ensino de idiomas para crianças em todo o mundo. Nossos livros são distribuídos e vendidos globalmente, nos formatos capa comum e eBook Kindle. Atualmente, publicamos títulos em seis idiomas: português, inglês, espanhol, francês, alemão e italiano.

Adquira nossos livros online

Em todo o mundo: Amazon.

No Brasil: Amazon, Americanas, Carrefour, Casas Bahia, Estante Virtual, Extra, Magazine Luiza, Mercado Livre, Ponto Frio, Shoptime e Submarino.

Conecte-se conosco

tudo.editora

tudoeditora

www.tudoeditora.com

Livros sobre Tudo! para crianças em todo o mundo.

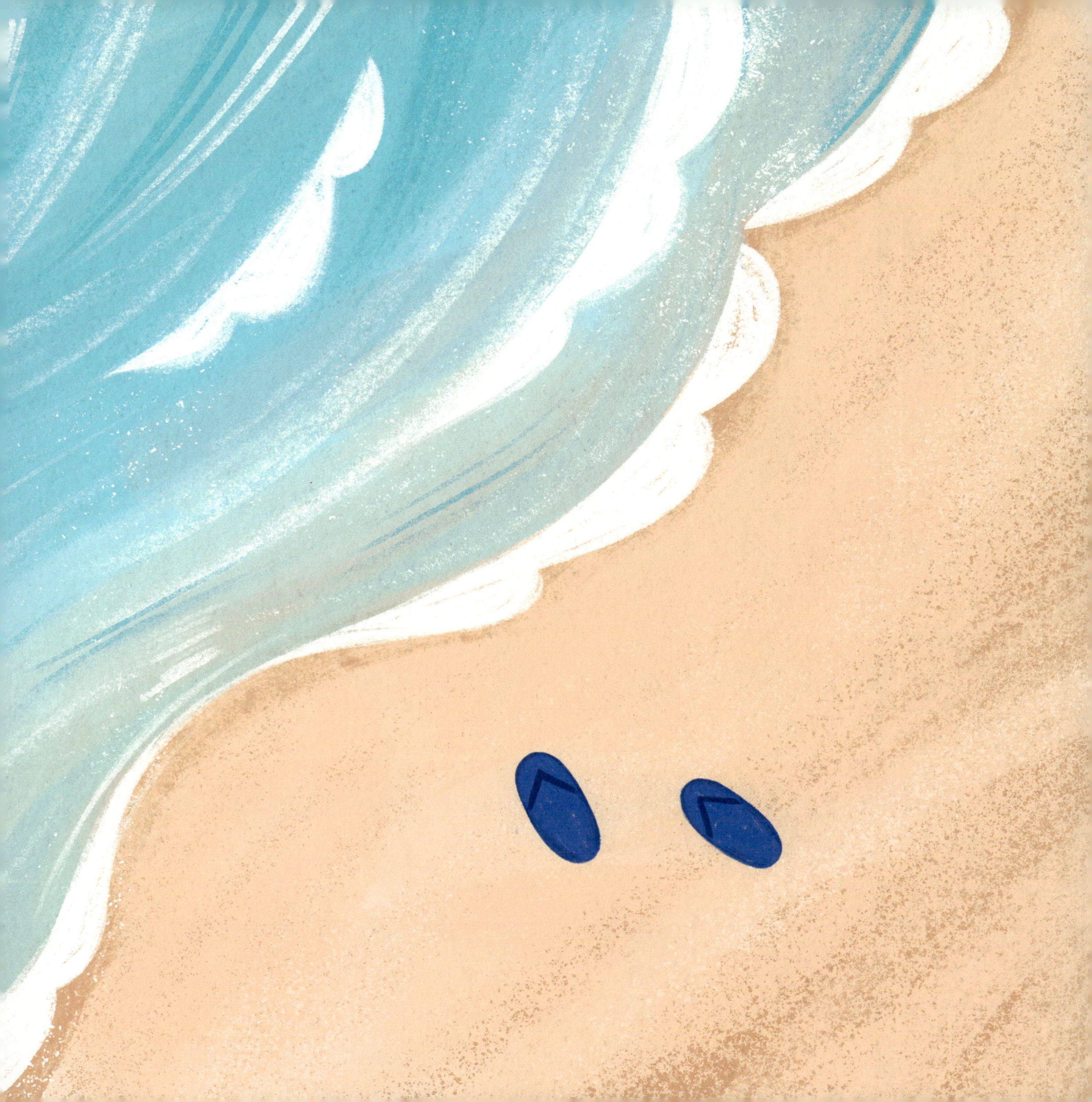

Made in United States
Troutdale, OR
10/29/2023